Inhaltsverzeichnis

Inhaltsverzeichnis 1

Vorwort 5

Introvertiert und raffiniert 8

   Der Anfang.................................10

   Das Vorspiel..............................13

      Leckerchen............................17

      Flöte, Horn und Tuba… 20

   (Ein-) Dringlichkeiten..................24

      Eure Heiligkeit 25

      Wuff… 26

      Ein Löffelchen für… 28

      Obenauf..................................29

Extrovertierte „Wild Cats"...............31

   Der Anfang… 33

   Das Vorspiel..............................34

      Cunnilingus und Fellatio 37

   Stellungswechsel 40

      Tischlein deck dich 40

- EXTRAS 42
  - Hintertürchen 42
  - Spielzeug 48
  - Ab nach draußen 49
- Kurz und bündig 50
- Impressum 55

Wie Mann Frauen im Bett richtig beglückt
Praktischer Sex Ratgeber für Männer

DiKay

Copyright © 2017 DiKay, Autorin

1. Auflage 2017

Die folgende Sexanleitung ist für Männer geschrieben, die sich um die sexuellen Bedürfnisse ihrer Partnerinnen aktiv kümmern möchten. Leser mit einer besonders niedrigen Schamgrenze sollten nicht weiterlesen. Auch sollten Leser nicht weiterlesen, die Bücher mit sexuellen Handlungen – Geschlechtsverkehr, Analverkehr oder Oralverkehr etc. - nicht lesen möchten.

Vorwort

Beziehung, Liebe, Geborgenheit und Körperlichkeit, sind Stichworte, die unser Leben im Allgemeinen stark prägen. Wichtig für unser Wohlbefinden ist aber auch SEX, der innerhalb vieler Kurz- und/oder Langzeitbeziehungen vernachlässigt wird. Die Gründe für das Abwenden von dieser oftmals so gepriesenen Tätigkeit, können unterschiedliche Ursachen haben, wobei ich mit einer, nämlich jener, eine Scheu davor zu haben, falsche Techniken anzuwenden, gerne aufräumen möchte. Auch werden hier einige Techniken präsentiert, mit denen IHR, liebe Männer, eure LIEBSTE im

Bett mit Sicherheit überraschen werdet.

Frauen sind Einzigartig

Um eines vorweg zu nehmen: Frauen sind einzigartig! Daher gibt es auch kein Patentrezept für die richtige Technik. Frauen sind mollig, dünn, in- oder extrovertiert und genau da sollte man vorab ansetzen. Bevor ihr eure Liebste in euer Liebesspiel mit einbeziht, solltet ihr daher ausloten, welcher Typ Mensch SIE überhaupt ist, um bei der Auswahl der Technik und ggf. auch des Spielzeuges, die richtige Wahl zu treffen.

So werden Frauen, die zur *Introvertiertheit* neigen, die

Berührung ihres Liebsten erspüren und ihre Lust nicht durch exzessives Stöhnen zum Ausdruck bringen. *Extrovertierte* Damen hingegen, geben ihrem Sex-Partner gerne Feedback, in dem sie lustvoll Stöhnen, oder gar in *dirty talk* verfallen.

Introvertiert und raffiniert

Stille Wasser sind tief, was in seiner Intensität auch während des Liebesspiels mit der introvertierten Frau gern und gut umsetzbar ist. Fordert eure Liebste heraus, damit sie ihre Scheu verliert und am Geschehen mit Leib und Seele teilnimmt. Neckt, leckt und streichelt SIE bis zur Ekstase und ihr werdet erkennen, dass das schüchterne Mädchen, plötzlich zur Wildkatze mutiert.

Tastet euch an ihren Körper heran, versucht selbständig auszuloten, was eurer Partnerin in diesem Moment gefällt. Nehmt IHREN Atem

wahr, der sich mit wachsender Lust steigern wird. Wenn SIE etwas nicht so toll findet, werdet ihr es durch die plötzlich eintretende Stille im Raum sicher erkennen – kein tiefes Atmen, kein leises Stöhnen, FUNKSTILLE!
Frauen sind jedoch (meist) gnädige Wesen, die Erbarmen zeigen, wenn man sich erneut ins Zeug legt und den kleinen Ausrutscher gekonnt kaschiert. So haben introvertierte, schüchterne Frauen einen Punkt, an dem die Lust überhandnimmt und sie den eigenen Körper im Takt eurer Berührungen mit bewegen (das ist ein Zeichen, dass eure Technik gerade super ankommt!). Um diesen Zustand zu erreichen, versucht es zunächst mit den Altbekannten erogenen Zonen – bei einem One-

Night-Stand weiß man ja tatsächlich nicht, auf was die Angebetete nun im Speziellen steht…

Der Anfang

Küsst sie sanft auf die Lippen und berührt diese während des Kusses mit der Zungenspitze. Nach und nach könnt ihr damit in den Mund eurer Partnerin vordringen, um letztendlich in sanften! kreisenden Bewegungen, IHRE Zunge mit eurer eigenen zu massieren.

Lasst euch Zeit, genießt den Augenblick – SIE wird es euch später sicherlich gebührend danken. Während des Kusses, könnt ihr langsam beginnen, IHREN Körper mit den Händen zu ertasten. Geht nicht gleich in die Vollen, sondern anfangs nur mit einem Finger, den Ihr langsam von der Hinterseite ihres Ohres, zum Halsansatz streicht – wenn ihr es dabei noch schafft, sie weiterhin leidenschaftlich zu küssen gebührt euch schon die erste Medaille. Wiederholt diese Geste zwei, bis drei Mal, um in nächster Instanz die exakt selbe Linie, mit der Zunge zu erkunden. Da die Hinterseite ihres Ohres von der Momentanen Position aus (ihr steht ja immer noch vor IHR) etwas schwierig zu erreichen ist – es sei denn eure Vorfahren waren Geckos – könnt ihr am oberen Halsansatz beginnen und euch dann von oben nach unten – hin zum Dekolleté –

leckend und küssend vorarbeiten. Sollte die Stimmung bis zu diesem Moment schon ordentlich angeheizt sein, sind auch kleine Bisse (aber bitte ohne Knutschflecke) erlaubt.

Da die Angebetete während dieser Liebkosung sicherlich nicht nur still dastehen wird, vergesst nicht, zwischenzeitlich auch Ihre Berührungen zu genießen, es wäre sonst schade um den Moment.

Da ihr mit dieser Technik schon mal einen wunderbaren Einstieg geschafft habt, die introvertierte Dame eures Begehrens etwas zu öffnen, wäre es nun an der Zeit, IHRE und eure Kleidung Stück für Stück zu entfernen, da sie für das weitere Vorhaben nur hinderlich wäre.

Der Prozess des Ausziehens kann sehr sinnlich sein, wenn ihr es langsam und bedacht macht. Nehmt euch Zeit, ihr den Reißverschluss ihres Kleides zu öffnen, oder ihren Pullover stück für stück nach oben. und schließlich über ihre, vom BH gestützten Brüste zu streifen. Das zeigt IHR, dass ihr es genießt, ihren Körper zu erkunden.

Das Vorspiel

Wenn ihr nun in Unterwäsche voreinander steht, sitzt oder liegt, sollte die Unterbrechung, die während des Ausziehens stattgefunden hat, durch einen erotischen und intensiven Kuss

fortgesetzt werden. Beginne nun mit dem Finger, IHR Dekolletee in Richtung ihres Busens entlang zu streichen und umrandet die Konturen IHRES BHs. Nach und nach dürft ihr euch tiefer tasten, bis ihr an den Brustspitzen angelangt seid.
TIPP: Nicht alle Frauen haben an den Nippeln erogene Zonen, daher solltet ihr darauf achten, ob:

- Fall 1: die Brustwarzen hart und steif werden und sich IHRE Brüste während der Liebkosung in eure Richtung drängen.

- Fall 2: die Beschreibung aus Fall 1 nicht zutrifft, dann solltet ihr euch nicht allzu lange damit aufhalten, es sei denn, es turnt euch selbst besonders an.

Wir gehen nun von Fall 1 aus, demnach lasst euch Zeit bei der Liebkosung IHRER Brüste. Zieht IHR langsam den BH aus, indem ihr einen Träger nach dem anderen über IHRE Schultern gleiten lässt und öffnet dann – bitte gekonnt und kein rumpfuschen – den Verschluss auf der Rück- oder Vorderseite.

Tipp: Es handelt sich bei Verschlüssen auf der Rückseite meist um Haken und Ösen, das heißt ihr müsst den Verschluss zuerst in die Mitte zusammenschieben, damit die Haken sich aus den Ösen lösen können.

Sobald das Stückchen Stoff entfernt ist, könnt ihr euch an IHREN wunderbaren Brüsten erfreuen. Umfasst eine Brust, nehmt die Spitze in den Mund und saugt daran. Sobald sich die Brustwarzen erhärten, dürft ihr auch gerne mal sanft zubeißen. Während ihr euch mit dem Mund an IHREN Brüsten erfreut, könnt ihr mit zwei Fingern der anderen Hand den Nippel der zweiten Brust necken, in dem ihr ihn leicht drückt und anzieht.

Leckerchen

Spätestens ab jetzt sollte die schüchterne Dame ihre Scheu abgelegt haben und vor Lust vergehen. Ihr werdet es merken, wenn ihr IHR Höschen von außen berührt und sie zwischen den Beinen heiß und feucht ist.

Das ist auch schon das Stichwort, um in neue Gefilde aufzubrechen: Zieht IHR das Höschen aus und erfreut euch an den Früchten eurer Arbeit…

Teilt mit einem Finger IHRE Schamlippen und spürt die heiße Feuchtigkeit darauf. Eure Herzensdame sollte sich jetzt hinlegen, breitbeinig auf einer Tischkante sitzen, oder mit einem Bein auf einem Stuhl abgestützt vor euch stehen, während ihr kniet und euren Kopf zwischen IHREN Schenkeln habt. Es gibt viele Stellungen, in denen ihr SIE richtig gut Lecken könnt, probiert es einfach aus, um für euch die passende zu finden.

Anatomisch gesehen könnt ihr die Klitoris eigentlich nicht verfehlen. Sie befindet sich im ersten Drittel – von oben gesehen – der Vulva und ist geschwollen, wenn SIE scharf ist. Es ist wie eine kleine Perle, ein Knubbel zwischen den Schamlippen, den ihr mit der Zunge umkreisen könnt. Teilt dabei die äußeren Schamlippen, da das Lustempfinden dadurch verstärkt wird. Da ab einem gewissen Lust-Grad die Zunge fast zu weich ist, um IHR Berührungsbedürfnis zu stillen, könnt ihr auch einen Finger hinzuziehen und die Klitoris damit umkreisen. Geschickte Herren dringen während des Leckens erst mit einem und dann mit zwei Fingern in IHRE feuchte Vagina ein und verschaffen ihrer Liebsten so den doppelten Genuss.

Da Frauen bekanntlich mehrmals zum Höhepunkt kommen können, dürft ihr es ruhig auch in dieser Phase bereits zum Abschluss bringen, Sie wird euer steifes Glied danach noch intensiver in sich spüren.

Flöte, Horn und Tuba…

… werden gerne liebevoll aufs Korn genommen, denn sie haben alle eines Gemeinsam: Sie sind Blasinstrumente! Auch während eures laufenden „Konzerts" wäre nun der Zeitpunkt für die Blasinstrumente gekommen. Löst euch nun von IHREN Schenkeln und genießt IHRE Berührung. Lasst sie euren Schwanz erkunden, denn SIE wird sicher neugierig sein, sofern es für euch beide die erste Bettakrobatik ist. Wenn du SIE schon länger kennst, wird sich die Erkundung in Grenzen halten, aber zumindest weiß SIE dann schon ganz genau, worauf DU so abfährst.

Während des Liebesspiels ist es für die Damen eures Herzens ein wunderbarer Beweis eures Begehrens, wenn „ER" bereits steif ist, weil du von den Liebkosungen, die du IHR angedeihen hast lassen, selbst erregt bist. Natürlich ist das nicht immer möglich, da stress, Unsicherheit oder Unerfahrenheit hier gerne mal unliebsam mitspielen. Aber macht euch nichts draus, sofern euer „Soldat" nach IHRER Berührung strammsteht, ist die Sache schon mehr als perfekt.

Lasst sie mit eurer Erektion spielen und gebt ihr zu verstehen, was euch an IHREN Berührungen gefällt und was euch eher kalt lässt. Je eindeutiger ihr hier seid, desto schöner wird es letztendlich für euch ausgehen.

So unterschiedlich wir Menschen sind, so unterschiedlich sind auch unsere Vorlieben und Abneigungen. Die Mehrheit der Frauen wir euch während eines Befriedigenden Liebesspiels mit Wonne einen blasen, wohingegen andere Frauen das so gar nicht mögen.

Während Sie euer bestes Stück mit ihrem Mund und ihrer Zunge verwöhnt, solltet ihr die Hüften nicht zu stark bewegen. „Deep Throat" ist für Frauen nur in Pornos schön, weil sie dafür bezahlt werden, aber wenn ihr es nicht bewusst auf SM-Praktiken anlegt, bei denen Sie den devoten Part mimt, lasst SIE bitte bestimmen, wie tief sie IHN in den

Mund nehmen möchte. Ebenso verhält es sich mit dem „Schlucken", manche stehen drauf und manche müssen dabei einen Brechreiz unterdrücken. Daher wäre es gut, das vorher abzuklären, sofern ihr währenddessen bereits zum Höhepunkt kommen möchtet. Sollte eure Liebste euren Erguss nicht in IHREM Mund haben wollen, seid IHR bitte nicht böse oder gar gekränkt, ihr braucht es nur mal selbst zu probieren, dann wisst ihr wovon ich spreche.

Nach all den geballten Hinweisen und Tipps, soll aber auch DEIN Genuss nicht zu kurz kommen. Genieße IHREN heißen Mund auf deinem Schwanz und überleg dir, ob du währenddessen, oder erst danach kommen willst. Falls du lieber gleich einen Salutschuss abgibst, sollte wie schon beschrieben, geklärt sein, in welche Richtung dieser abgefeuert wird, schließlich wollen wir nachher keine Toten begraben müssen. Wenn du dir dein Feuer jedoch für eindringlichere Phasen aufsparen möchtest, wäre nun ein guter Zeitpunkt dorthin überzuleiten…

(Ein-) Dringlichkeiten

Schon die alten Inder machten sich um die richtige Stellung so viele Gedanken, dass sie diesem Thema in Form des Kamasutras sogar einen dicken Wälzer widmeten – oder eher gezeichnet haben. Bevor ihr euch jedoch in Verrenkungen begebt, in denen ihr euch nicht wohl fühlt, oder danach gar eure Hexenschüsse in der Notaufnahme kuriert werden müssen, besinnt euch bitte beide auf euren ureigenen körperlichen Zustand, eure Kondition und die generelle Durchführbarkeit.

Für Frauen gibt es einige tolle Stellungen, die SIE so richtig genießen können:

Eure Heiligkeit

Die gute alte „Missionarsstellung" ist was sie ist: gut und alt. Gerne könnt ihr sie aufpeppen, in dem Ihr eurer Herzensdame ein gut gepolstertes Kissen unter den Po schiebt, da sie

IHN dann viel intensiver spüren wird. Ohne das Kissen ist es für SIE eher langweilig und SIE kann beobachten, wie ihr euch gegebenenfalls aufgrund des mangelnden Trainings über IHR abrackert.

Grundsätzlich ist die Einführung eines Vögel-Kissens jedoch für jeden guten Liebhaber Pflicht, da sogar die verstaubte Missionarsstellung dadurch für SIE wieder interessant wird.

Wuff…

Die „Hündchenstellung" ist da schon was gaaaanz Anderes: Intensiv und sehr intim. Nicht jede Frau ist dieser Stellung zugeneigt, da man sowohl einen guten Blick auf IHR Hinterteil (ob mit oder ohne Dellen) und IHR Hintertürchen werfen kann. Für euch mag das ein lustvoller Anblick sein, manche Damen fühlen sich dabei jedoch auf dem Präsentierteller serviert.

Sollte eure Liebste diese Stellung jedoch mögen, habt ihr beide eine wunderbare Zeit vor euch:

ER: kann dabei richtig tief eindringen und hat dabei auch noch einen tollen Ausblick.

SIE: empfindet diese Stellung richtig intensiv – weil er so tief rein kann.

Zu Beginn solltet ihr jedoch vorsichtig sein, da IHRE Vagina noch nicht an die Größe eures besten Stückes gewöhnt ist und die

Intensität dieser Stellung ansonsten etwas schmerzvoll sein könnte.

Ein Löffelchen für…

Die „Löffelchenstellung" ist ein sehr inniger Akt, da ihr SIE dabei von hinten umarmt. Sie ist eine Mischung aus Kuscheln und Vögeln, quasi „Kugeln" oder „Vöscheln" – aber Scherz beiseite. Diese Stellung eignet sich hervorragend am Morgen, wenn beide noch etwas müde sind und so gemeinsam wach werden wollen. Die Stellung setzt schon eine gewisse Vertrautheit voraus, kann aber auch am nächsten Morgen eines One-Night-Stands schon super klappen. Wenn du ihr danach noch Kaffee ans Bett bringst, bist du garantiert IHR Held.

Obenauf

Die „Reiterstellung" ist vor allem dann sinnvoll wenn EUER bestes Stück überdimensionale Ausmaße hat. Nun wird das gut und gerne jeder Mann von sich denken – und in diesem Glauben solltet ihr auch bleiben. Nun ja, wenn ihr davon ausgeht, dass dem so sein sollte, tut ihr gut daran SIE nach oben zu lassen. Ein sehr großer Schwanz muss erst mal bewältig werden und das geht eben viel besser, wenn man die Tiefe und das Tempo am Beginn selbst bestimmen kann. Auch wenn ihr vor Lust fast zerspringt, solltet ihr SIE die ersten Stöße holen lassen, bevor ihr diese aktiv an SIE abgebt. Nach ein paar Minuten sollte SIE dann damit klarkommen und du kannst dich nach Lust und Laune bewegen.

Wie aus den vorhergehenden Seiten ersichtlich wurde, kann man auch mit introvertierten Damen eine Menge Spaß haben. Je mehr Vertrauen ihr eurer LIEBSTEN abgewinnen könnt – also Männer, legt euch ins Zeug – desto mehr wird sie aus sich herausgehen und vielleicht habt ihr dann ja irgendwann eine kleine Wildkatze in eurem Bett, die euch schnurrend das Leben verschönert.

Extrovertierte „Wild Cats"

„Ja, ja, ja, komm Baby gib´s mir, gib´s mir hart, FICK mich!", kennt ihr das? Nun das kann entweder ernst gemeint sein, dann habt ihr grade alles richtiggemacht, oder SIE täuscht euch gerade was vor, damit ihr etwas in die Gänge kommt. Hm... wie auch immer, die Frau die im besten Falle IHRER Lust diesen Ausdruck verleiht, ist definitiv von der extrovertierteren Sorte.

Extrovertierte, temperamentvolle Frauen lieben es mitunter auch, sich mal völlig schamlos zu präsentieren. Gebt ihr die Möglichkeit und entgegen der vorsichtigen Herangehensweise bei introvertierten Artgenossinnen, dürft ihr euch hier gedanklich auch mal zurücklehnen, denn SIE wird euch genau sagen und zeigen, worauf SIE steht.

Natürlich sind auch „Wild Cats", bzw. extrovertierte Frauen im Bett so unterschiedlich wie Tag und Nacht, jedoch könnt ihr euch in aller Regel darauf verlassen, dass SIE sich meldet, falls etwas nicht nach IHREN Vorstellungen läuft.

Der Anfang…

…wird hier problemlos und wahrscheinlich aus der Situation heraus entstehen. Ihr müsst SIE nicht erst aus ihrem Schneckenhaus locken – selbstverständlich musst du dich aber auch in diesem Falle um deine Herzensdame bemühen.

Achte wie auch bei einer introvertierten Frau auf IHRE Körpersprache: Wie gebärdet SIE sich, streicht SIE mit der Hand erotisch über IHREN Hals? Das ist definitiv ein Zeichen, dass ihr nicht übersehen solltet…

JE nach Lust und Laune, nimmt sich diese Frau was SIE will, jedoch ist es auch für SIE nicht angenehm, euch jedes schlichte Detail erklären und ansagen zu müssen – schließlich ist sie keine fleischlich gewordene Bedienungsanleitung.

Das Vorspiel

Wie bereits bei der introvertierten Frau beschrieben, könnt ihr auch hier mit Zärtlichkeiten rund um IHREN Hals beginnen. Vielleicht nimmt SIE bereits hier eure Hand und führt sie während des Kusses an Ihre Brust. Geht auf diese Bitte, diese Forderung ein und lasst euch von ihr führen.
Auch extrovertierte Frauen lieben Zärtlichkeiten, daher solltet ihr auch

zärtlich beginnen und die Intensität eurer Berührung IHRER Reaktion anpassen. Beobachtet, berührt und nehmt euch Zeit für eure Herzensdame.

Wie auch bei der introvertierten Frau, kann die Extrovertierte es genießen, wenn ihr euch ausgiebig IHREM Busen und den Brustwarzen widmet, oder SIE findet es einfach nur langweilig und lässt euch gewähren.

Auch hier kommen Fall 1 und Fall 2 zum Tragen – zur Erinnerung:

Fall 1: SIE mag es, mach also auf alle Fälle weiter!

Fall 2: SIE ist davon nicht besonders angetan, dann könnt ihr mit euren Händen gerne in tiefer gelegene Regionen weiter „wandern".

Sollte Fall 1 eintreten, könnt ihr euch an IHREN wunderbaren Brüsten erfreuen. Sobald sich die Brustwarzen verhärten dürft ich auch gerne mal sanft zubeißen. Während ihr euch mit dem Mund an IHREN Brüsten erfreut, könnt ihr mit zwei Fingern der anderen Hand den Nippel der zweiten Brust necken, in dem ihr ihn leicht drückt und anzieht. Wenn es IHR gefällt, wird eure Herzensdame vielleicht auch mit ihrer harten Brustwarze über euren Mund streifen. SIE will euch damit necken und genießt es, IHREN Körper zu zeigen. Geht darauf ein, zeigt eure Lust, denn genau die möchte SIE sehen.

Cunnilingus und Fellatio

Hier gibt es keine Reihenfolge, vielleicht verwöhnt ihr euch auch ganz im Stil der 69er-Stellung gleichzeitig? Gut wäre allerdings, wenn du SIE dabei nach oben lässt, da die Erreichbarkeit deiner männlichen Pracht dann besser gewährleistet ist.
Auch hier gilt: Teile die Schamlippen und suche mit der Zunge IHRE Klitoris. Während du SIE in kreisenden Bewegungen mit der Zunge oder einem Finger umkreist, dringe mit einem Finger der anderen Hand in SIE ein und nimm einen zweiten Finger dazu, wenn du das Gefühlt hast, dass SIE mehr fordert.

Lass Sie dein steifes Glied erkunden, zeig IHR wenn dir etwas gefällt. Die extrovertierte Frau mag es, mit deiner Lust zu spielen, also gib IHR dieses Spielzeug, wenn SIE danach verlangt.

Wenn du deiner extrovertierten Liebsten eine kleine Bühne bieten möchtest, kannst du SIE auf den Küchentisch setzen, IHRE Beine spreizen und je einen Fuß auf einem Stuhl platzieren. Der Weg ist nun frei um dich an IHR zu erfreuen. Während du mit einem Finger in SIE eindringst, kannst du IHR dabei tief in die Augen schauen, dieses Spiel aus Lust und Dominanz kann SIE zur Ektase treiben, da es sowohl pure Leidenschaft und „die Lust an der gegenseitigen Lust" demonstriert.

Stellungswechsel

In Sachen Liebesstellungen könnt ihr völlig frei agieren. Wie schon bei der introvertierten Frau beschrieben, sind die Missionarsstellung (aber nur unter Zuhilfenahme des Vögel-Kissens), die Hündchenstellung, das Löffelchen und die Reiterstellung für SIE besonders angenehm.

Tischlein deck dich

Wenn du deine Liebste noch mit gespreizten Beinen am Küchentisch hast, würde es sich natürlich anbieten, direkt aus dieser Position in SIE zu stoßen. Lege IHRE Kniekehlen über deine Unterarme und ziehe sie so an die Tischkante, SIE sollte allerdings die Möglichkeit haben, sich halbsitzend, mit den Armen nach hinten abstützen zu können. Wenn euch diese Stellung nicht mehr zusagt, kannst du SIE vom Tisch herunterheben und SIE vorne über den Tisch gebeucht, von hinten nehmen.

TIPP: Falls es sich größentechnisch im Stehen nicht ganz ausgeht, kann SIE gerne IHRE High-Heels dabei anlassen, oder DU stellst einen Auftritt bereit, damit IHR Po dein Glied besser erreicht. Andernfalls müsstest du in die Knie gehen, was auf Dauer sicherlich schmerzhaft ist.

Grundsätzlich gilt jedoch, egal welche Stellung du mit deiner LIEBSTEN betreibst und ausprobierst, es muss IMMER beiden Freude machen.

EXTRAS

Hintertürchen

Der Anus ist bei beiden Geschlechtern ein sehr empfindlicher Körperteil. Grundsätzlich wurde er ja nur für den Gebrauch in eine Richtung ausgelegt, wonach die Nutzung während des Liebesspiels nur nach fachkundiger Anleitung erfolgen sollte:

Frauen hassen es, oder sie lieben es, ein Dazwischen gibt es nicht. Ebenso konträr wie die generelle Einstellung dazu, ist aber auch die Empfindungs-Skala. So kann das Eindringen in den Po, mit unzureichender Vorbereitung, enorm schmerzhaft sein und es wird dann nach erfolgter, falscher! Anwendung auch sicherlich nie wieder dazu kommen. Ein Finger im Anus der Liebsten, kann den Orgasmus jedoch auch um ein Vielfaches steigern, sofern ihr das vorsichtig und mit Gefühl vollführt.

Eine absolute Grundvoraussetzung für diesen Akt ist, dass dem Lustzentrum eurer Herzensdame bereits vorab ordentlich eingeheizt wurde. Somit ist ein vorsichtiges

Herantasten an den Po erst möglich, wenn das Vorspiel bereits dem Ende zugeht.

Wie auch beim Sport, gilt es hier sich aufzuwärmen und gut zu dehnen, bevor man richtig loslegt. Der Bereich zwischen den Pobacken sollte ausreichend mit Gleitcreme eingeölt und massiert werden. Beginnt am oberen Po-Ansatz und arbeitet euch dann sanft und zärtlich zur verheißungsvollen Mitte weiter. Auch von der anderen Seite, also von der Vagina aus, könnt ihr euch herantasten, was den Einsatz des Gleitgels auch überflüssig machen kann – sofern ihr eure Dame vorab richtig verwöhnt habt.

In aller Regel ist dies auch der Zeitpunkt, an dem SIE euch den

Zutritt generell verbietet, oder interessiert das weitere Vorgehen beobachtet und fühlt.

Wenn ihr in der Mitte der Po-Ritze und somit am Anus angelangt seid, beginnt zunächst ihn mit einem Finger zu umkreisen. SIE muss sich erst daran gewöhnen, am Hintertürchen berührt zu werden und je langsamer ihr dabei vorgeht, desto entspannter wird SIE dabei sein. Normalerweise ist es nicht gerade ratsam, dies schon beim ersten Liebesspiel zu tun, da es auch eine gehörige Portion Vertrauen in das Gegenüber voraussetzt.

Sofern IHR eure Technik gefällt, wird SIE nun beginnen, sich ein wenig zu öffnen. Ihr könnt nun mit der Fingerspitze ein wenig eindringen –

bitte jedoch noch nicht mit dem ganzen Finger, das könnte sonst zu brachial sein und SIE könnte dabei Schmerz empfinden. Bewegt den Finger mit kreisenden Bewegungen weiter, sodass der Eingang immer weiter gedehnt wird. Langsam könnt ihr nun weiter vordringen, wobei die kreisenden Bewegungen weiter beibehalten werden sollte. Wenn ihr mit dem Finger erstmal ganz und gar eingedrungen seid, könnt ihr das problemlos mit dem wiederholen. Bewegt ihn langsam vor und zurück und nehmt dabei IHRE Klitoris zwischen zwei Finger. Neben der analen Stimulation, dürft ihr die Klitoris eurer Liebsten keinesfalls vernachlässigen, da nur beide

Berührungen gleichzeitig für einen exorbitanten Orgasmus sorgen.

Wenn ihr das Gefühl habt, dass der Anus nun durch den Einsatz des ersten Fingers weit genug geöffnet ist, könnt ihr einen zweiten dazu nehmen und langsam mit beiden nach vorne dringen. Wiederholt das so lange, bis mit der Zugabe von Fingern in etwa die Dicke eure steifen Gliedes erreicht ist, damit ihr später problemlos in SIE eindringen könnt – doch auch hier gilt die Geduld als beste und hilfreichste Tugend, denn SIE wird erst dann für euch bereit sein, wenn ihr im Vorfeld ausreichend gedehnt habt.

Spielzeug

Spiel, Spaß, Spannung und... Ja, was denn? Das hängt ganz davon ab, was IHR ausprobieren möchtet. Ob Anal-Plug, oder Mega-Dildo, eurer Phantasie sind dabei keine Grenzen gesetzt. Vielleicht freut es deine Liebste, sich mal mit weit gespreizten Beinen und lustvoll stöhnend vor dir selbst zu befriedigen, in diesem Fall genieße und schweige, denn das ist selten!

Auch bei den Annäherungsversuchen am Hintertürchen kann ein Hilfsmittel ganz nützlich sein. So gibt es Dildos, die nach vorne hin dünn sind und nach hinten hin immer breiter werden. Je weiter du damit in IHREN Anus eindringst, desto weiter wird er. Welches Spielzeug IHR euch gemeinsam aussucht und wie IHR es einsetzen möchtet – Möglichkeiten gibt es ja viele – ist euch überlassen, jedoch sollte die Partnerin damit nie überfordert, oder überrascht werden, denn auch hier gilt Vertrauen als oberste Prämisse.

Ab nach draußen

Um etwas Pepp in die Sache zu bringen, macht es IHR sicherlich auch mal Spaß, das Liebesspiel in den warmen Monaten nach draußen zu verlegen. Achtet dabei jedoch bitte darauf, nicht erwischt zu werden, da das gesetzlich problematisch werden könnte.

Nehmt eine Decke mit und sucht euch ein lauschiges, verborgenes Örtchen. Alleine die Suche danach, bei einem (vorerst) unschuldigen Spaziergang, kann die Phantasie für später schon ordentlich anheizen.

Kurz und bündig

1. Frauen sind individuell, es gibt extrovertierte und introvertierte, scheue und mutige – wie auch immer, die Meisten sind ohnedies und je nach Situation ein Mix aus sämtlichen Eigenschaften.

2. Eine der wichtigsten Eigenschaften für einen guten Liebhaber ist Geduld. Je mehr IHR davon mitbringt, desto umfangreicher kann euer Liebesleben werden, da SIE das Spektrum IHRES sexuellen Horizonts mit euch erweitern wird.

3. Je genauer ihr IHRE Körpersprache beobachtet, desto punktgenauer könnt ihr landen – sowohl um IHRE Lust zu befriedigen, als auch um euer selbst willen.

4. Zeigt IHR eure Lust an IHREM Körper, nichts ist schöner, als

vom Partner – und sei es auch nur bei einem One-Night-Stand – begehrt zu werden.

5. Vergesst bei all diesen (gutgemeinten) Ratschlägen nicht auf euch selbst, EUER Vergnügen ist ebenso wichtig, wie jenes der Herzensdame, die IHR beglücken möchtet.

Ende.

Buchtipp:
Unterweisung auf Burg Lengenfeldt
Rosa – die Lustbarkeit des Seins

„... Seine Hände packten ihre Oberschenkel und er zog sie an seinen Stab heran, der wieder ganz hart war, so wie vorhin in ihrem Mund. Er steckte seinen Stab zwischen ihre unteren Lippen und begann sich an ihr zu reiben. Dabei wurde es richtig feucht da unten, was Rosa verwunderte. Zu seinen Bewegungen kamen durch die Reibung flutschende Geräusche, die sie bisher nicht kannte. Und mit einem Mal änderte sich der Winkel seines Stabes und er fuhr in sie hinein. Der Herzog nahm ihre Hände mit seinen und zog sich in sie hinein, bis sie einen leichten Schmerz verspürte, und es fühlte sich so an als wäre in ihr drinnen etwas gerissen. Sie zuckte zusammen, zeigte aber sonst keine Anstalten, dass es ihr nicht gefallen würde. Im Gegenteil, sie fand, dass was der Herzog mit ihr machte sogar etwas spannend. Dass es überhaupt möglich war, dass jemand mit seinem Stab so tief in sie eindringen konnte, wusste sie bis dahin nicht...."

Zu finden unter
ISBN: 9783741292347

Impressum

DiKay

c/o BJ-Autorenservice

Gildehauser Weg 140a

48529 Nordhorn

Email: dikaybooks@gmail.com

Copyright © 2017 DiKay

Bildmaterial: fotolia.de | Datei: #9483129 | Urheber: Irina Chirkova

Alle Rechte vorbehalten.

Das Werk ist urheberrechtlich geschützt und jede Verwertung ist ohne Zustimmung des Autors unzulässig.

Dies gilt insbesondere für die elektronische oder sonstige Vervielfältigung, Übersetzungen und öffentliche Zugänglichmachung.

Herstellung und Verlag:

BoD - Books on Demand, Norderstedt

ISBN 978-3-7431-1134-9